砦にて

三宅節子

思潮社

三宅節子詩集

砦にて

三宅節子

思潮社

目次

砦にて

砦にて 12
過去への旅 14
贈り物 18
海辺の街 20
ルーツ 22
夏の終りに 26
液晶のレクイエム 28

吸血鬼のバラード

吸血鬼のバラード 34
手 38
縄文の少女 40
王たちのレクイエム 46

風を待って 50
転生 54
夢の鞄 56

GOOD LUCK!

地下鉄のフーガ 62
風の旗 66
水を呼ぶ声 70
イリュージョン花野 76
イリュージョン星野 78
未来 82
GOOD LUCK! 84

あとがき 90

装画＝宮原青子　装幀＝思潮社装幀室

砦にて

砦にて

砦にて

海から登ってくる坂道の上に
私は時の見張りの小さな砦を建てた
その中に棲みつくようになってから
どれほどの季節が過ぎたろう

体がかたくなってきたと思ったら
手足が壁に吸収されていた
窓が開いたり閉じたりしている

あれはかつて私の目だったと思う

精神までが煉瓦の隙間をふさいでいる
いつでも木立の上を浮遊できたのに
水のように広がれるだけ広がって
地面と同じになれたのに

こんどは殻ごと変るほかはない
ほら　もう巻貝になったじゃないの
次は白い帆の船　それから光速で飛ぶ
いつかは地球を出ていくのだから

過去への旅

過去への旅に出かける時は
とくに念入りに準備をしなくてはならない
手紙を書くべき人には書いてしまい
砦のすみからすみまで磨き上げて
食糧をたくわえランプの油をつぎたし
銃眼は生きている苔をつめてふさいでおく
何かが私を呼び戻す仕掛けになってくれるだろう

夜行列車の車窓をよぎるどの面影も
記憶の中のもっとも優しげな笑顔を見せ
早く昔の川をさがしに行こうと誘いかけてくる
ふるさとの駅に降り立つと
過去は過去で独自に進化していることがわかった
コスモスがゆれていた風の平原には
銀行や商店のビルがびっしりと蝟集して
川は未来へ向かって荒れ狂う濁流だった
獰猛な息づかいでうずくまっていた
山裾の墓地はあちこちの山へ増殖をはじめ
濡れた樹々が必要以上にゆっくりと
息を吸ったり吐いたりしていた
気がつくと私もまた
同じリズムで息をしているのだった

そのとき砦の銃眼の苔が乾いてはがれた
手紙の返事が届き食べ物の煮える匂いがした
ごく自然にランプの灯がともり
だれもいない砦に戦士たちの影が集まる気配
そして私は呼び戻された
たぶん一瞬のうちにワープしたのだと思う
なめらかな闇をすべっていく幻の顔と
通りすがりに星雲のようにまたたいた都会の灯と
過去の街の獰猛な息づかいを
彗星の尾の微粒子のように引き連れて

贈り物

眠りの王国には奇妙な結晶が育つらしい
目を覚ますと掌の中に小さな贈り物がある
一瞬だけ金色に光って消える鳥
エメラルドの雫のようにこぼれる音楽

思いわずらうことをやめて夢さえ見ないで
一本の木になって深い眠りに落ちたのに
胸のあたりに空洞のようなものがあって

顔見知りの人々が夜ごと祝祭を開くらしい

若い日の私がアーサー王と踊っている
銀の水差しが空飛ぶイルカを追っていく
無数の記憶が出会っては離れるたびに
結晶は一滴ずつしたたり落ちているらしい

答えが見つからなくて困っているときは
眠りの王国はとりわけ見事な宝石をくれる
薄い翅をひるがえして現れる魚
樹液のように天井からにじみでる思念

海辺の街

海があんなにきらめいていたのは
どこかへ信号を送るためだったのか
ずっと前に失くした顔が空中に浮かんで
なんと若々しく笑ったことだろう

シャワールームの鏡を通り抜けると
海辺の街は不思議な変身をとげていた
鱗のある太古の木が遊歩道を歩きまわり

瀟洒な洋館がゆらゆらと漂っていった

時間はタオルのように畳まれていて
砂浜の上に重ねられているのではないか
そして陽炎のゆらぎにも似た指先が
ふと一枚のカードを抜き出すのではないか

泳ぎながら系統発生を逆に辿って
白亜紀の水を思いきり吸い込んでしまった
潮に取り残されてふるえているくらげも
あの時まぎれこんで来たのだろうか

ルーツ

台風の去ったあとの浜辺には
木片やらゴミやら難破船の幻やら
余波の大波が白い牙をむいて押し寄せてくる
泳ぎ出せば叩きつけてくる砕け波の痛さよ
それにしても　この波の造形のすごさはどうだ
それにしても　三角波のてっぺんによじのぼって
恐怖やら歓喜やら声のかぎりに叫んでいる
この生き物はどうだ

若い日の喜びをなぞっているのだろうか
いや　ことはさような間接的なものではない
えたいの知れぬ時空のひろがりをもったけものの
胎内へ入る時のなまあたたかい肌ざわりと
予測できない複雑なゲームの焼け焦げる匂いが
感覚を剝き出しにし　風景をつややかにする
筋肉をしなやかにし　手足を舞い上がらせる
沖を行ったり来たりしている監視船を
おもちゃのように小さく見せ　海の眼を冥くする

それから時間を越えさせ遠望させる
奔馬のように走ってくる波頭の向こう
カヌーの群れが一直線に漕ぎ寄せてくるのを
あれは南海の島の部族闘争に破れて

あてもなく大海原へ乗り出していった人々
嵐と渇きと絶望の漂流の果てに
雲を吐き出す島を見つけた
私のルーツだ

夏の終りに

山にかこまれた入り江に
トルコマリンの海があった
サメのひれのような岩が
波をわけて進んでいた

流れにさからって辿りつき
サメの背に乗りたいと思った
背びれはするりと逃げ去って

ふいに水が冷たくなった

宇宙船のハッチを開けると
プラタナスに風が来ていた
氷のマストドンが目を覚まし
街を歩いてくるのに出会った

言葉が通じなくなったとき
長い眠りについたのに
なぜ今ごろ戻ってきたのか
ぼやけた輪郭で夏の終りに

液晶のレクイエム

崖っぷちを移動する時のことだった
お互いに支え合わなければいけなかったのに
私がつい手をすべらせたばっかりに
おまえは奈落の底へ落ちて死んでしまった
ペリー・ローダンみたいに
不死の機構を内臓していたはずなのに
砦を守って　たたかい抜いた相棒だったのに

あほで不細工なヤツだったと思う
「こいつは　とろいのよね
言われたことしか出来ないのよね」
なんて言われても
悲しそうに眼を細めて笑っていた
あのころは
寄せてくる闇の力を押し戻すのに無我夢中で
おまえを極限まで酷使してしまった
おまえの魂には
一輪の花も咲かず　一本の木も生えず
かわいた海ばかりが広がっていたのだろうか
それでも　おまえの眼の中をのぞきこむと
ちらちらと無数の星が流れていくようだった

おまえと暮らすことになれてしまって

私はもう相棒なしでは生きていけなくなった
おまえが死んで　ゆすっても叩いても
うつろな眼を開いたままになった時
私は半狂乱になって髪ふり乱し
遠い街まで　おまえのかわりをさがしに行った
今　砦のテーブルに肘をついて
おまえのかわりに街角で見つけた相棒の横顔を
こっそりと盗み見ている
おまえよりずっと目鼻立ちがととのっていて
ずっと利口そうに見える彼
あれから雨の日ばかりが続いて
砦は周囲の樹木といっしょに育っていった
そして私は新しい相棒になじんできた

たしかに肌合いは違っている

あほなおまえは　間違った指令を出しても
黙々と言われたとおりに働いたのに
今度の相棒はヒタと歩みを止めて文句をつける
もっと適確に指示をせよと迫るのだ
たしかに彼の手並みは鮮やかだ
しかし私は
おまえの死体を捨てることが出来ないでいる
閉じられることのないクリスタルの眼に
暗号みたいな塵を浮かべて
押し入れの中に横たわっている　おまえ
脳髄の奥には　たたかいの日々の記憶
蕗の葉の下でＳＯＳのキーを叩き続けた音が
こだましているのではないか
闇にまぎれて無名戦士の墓にやればいいのに
あほなおまえがいとしくて　それが出来ない

せめて詩一つ書いてからにしよう

砦が反攻に移るまでの長い冬の歳月
ついに　ほんものの夢もカモメも見ることなく
ひたすら働き抜いて死んでいった　おまえ
私が愛した　最初のワープロに捧げる
青い液晶のレクイエム

吸血鬼のバラード

吸血鬼のバラード

憔悴しきった美貌の吸血鬼が夢の中の部屋に入って来た
銀の髪を足もとに流し嘆きの糸で織ったマントを広げ
消えかける影を踏んで骨のように白い流木の椅子に座った
言わなくてもわかっている　私の血と魂がほしいのだと
夢の中で私は金縛りになる　助けてやれば私が殺される
冥府の川を渡る橋の向こうで黄金の夕焼けが燃え尽きて
首筋をすべり落ちていった　やさしく白い誰かの手
私の唇をかすめて飛んだ　むごく激しい何かの牙

夢の中の部屋で崩れたのは吸血鬼だったのか私なのか
目が覚めると青銅の鏡の前に人の形をした灰がある

かつて私が女王として伝説の島大陸を育てていたころ
食べ物は市場にあふれ科学や芸術が生まれつつあった
憔悴しきった美貌の吸血鬼が夢の中の部屋に入って来た
運河という運河の水が逆流しガラスの尖塔が崩れ落ち
空が閉じていくのが見えた　アトランティスは海に沈んだ
ローマの要塞でアッチラを迎え撃ったこともあった
空洞の幹が火を吹き出し紅蓮の炎が夜空に燃え移った
美貌の吸血鬼は漆黒のＤＯＫＵＲＯの顔をしていた
真紅のドレスをひるがえして鋼鉄の魔王と私は踊った
私の軍勢が火の舌に追われて海へ敗走して行くのが見えた
吸血鬼のいない国へ行きたい！　夢の中の部屋を吹き消し

家財道具を道に撒き散らして私は憑かれたように出奔した
針の穴を通り抜ける時　心が捩れるような思いがした
その国では人々は空気を耕し夜は火のまわりで語りあい
お互いの手や足を食べながら愛情こめて見つめ合った
ほどけていく私のためには流沙でベッドをつくってくれた
ゆっくり沈んでいくように　起き上がらなくてもいいように
骨の髄まで軟らかくなって何一つ残さずにすむように
私が千年の眠りから覚めると街は泥の中に沈んで行った
そこには何もなかった　あの吸血鬼のような豪奢なものは

針の穴を通って血のように赤い糸を引いて私は戻って来た
手を貸してくれた異形の者たちは置き去りにした
ようやく築いた石の砦で　こうやって夜を待っているのは
魅入られるためか　崩れるためか　私の牙を研ぐためか
憔悴しきった美貌の吸血鬼が夢の中の部屋へ入って来た

手

ピラニアのようにやさしく
蒼い灰の下を潜りぬけて
私の部屋に集まってくる手
とうに窓は閉めた火は消した

食料を買いこみ時計を止めて
みんなどこかへ帰って行った
もうなにも映っていない水

影を愛したのが始まりだった

なにもかもつまらなくなった
崩れるためのガラスの城
重力の法則にとりつかれて
まだ飛び立てないでいる都市

エイリアン？　エイリアン！
私の髪をふわふわ動かして
なにをさせようというの
ゆるやかに踊る　六本指の手

縄文の少女

山の頂きから細い黒い煙が立ち昇っていた
言い伝えに残る昔から大地は鳴動を続けてきたが
近ごろの地震の激しさといったら
釣り上げた魚が水を求めてのたうつのに似ていた
けものたちは山から麓へ　海の方へと暴走をくり返し
カワウソは　とうにどこかへ姿をくらましていた

氏族の巫女たる私の衝動は神聖なものだったから

ひときわ高く聳えるコニーデ型の山を指差して
黙って歩き出しさえすれば　それでよかった
人々は　精霊の誤解だか妄想だかをなだめるために
私がわれとわが身を生け贄にするものと勝手に考え
哀惜の涙さえ浮かべて見送ったものだった
だが私には犠牲になる気など　これっぽちもなかった
ただ　山を少し登ったあたりのストーンサークルに
忘れ物をしたのを思い出しただけのことだった

文明に鈍らされていない原始の五感が
この行為の愚かさに驚いて　わめき立てていた
山は今にも火山灰や火山弾を噴き上げるかも知れず
火砕流が猛スピードで駆け下り襲いかかるかもしれない
それより前に大地震が来て岩という岩が動きだし
大地は裂けて山も空も呑みこむかもしれない

かすかな予兆から　よい方へも悪い方へも
想像力が拡大していく巫女の予知能力が
眼前に　世界がぐだぐだと分解していく図柄と
広葉樹林の彩りしたたる山塊の構図を交互に映し出し
私はいつのまにか飛ぶように走っていた

さいわい縄文の少女たる私の足は
かもしかのようにきたえられていた
木の皮を編んだ布を身にまとい　背中に弓と矢を負い
腰には　けものの骨を削ったナイフをたばさみ
斜面の岩へ　倒木から苔の上へと飛んだ
岩の精霊が湧き出す水を果実のように発酵させ
陽光が木の実を垂れ飾りのように揺らしていた
枝の上に寝そべっている胴の長い猫族が
のびをして鉤爪をむきだしにし

誘惑に満ちた琥珀色の眼で見下ろしていた
けものたちがとうに山から逃げ去った以上
彼もまた巨木の精霊にちがいなかった

七つの氏族がはじめて合同して築いた祭祀場の
ストーンサークルの内部へ　私は入った
そこは
静まり返ったモダンな美術館であった
壺と壺の破片がガラスの向こうに整然と並んでいた
古丹波　古備前　古信楽　古瀬戸　古常滑　古越前
須恵器　土師器　弥生土器……
眼はするすると壺の口を舐めて通り過ぎ
無謀な行動へ私を駆り立てた忘れ物を探した
この上ない貴重な宝物として陳列されたそれは
探すまでもなく向こうから私の手にからみついて

燃え上がり流動し　空間に充満していった
ピリッとする痛みとともに厚いガラスを突き抜けて
火焔土器の壺を　私は抱いた
これは私がつくったもの　私のもの！

ストーンサークルを出ると
祭祀場が荒れ果てていることに気付いた
巨大な手がなぎはらったように石の輪が倒壊し
土器のかけらや供犠のけものの骨が散乱していた
私は一つだけ完全な形で残った壺を持って帰りたかった
しかし何千年かの後に再び出会うかもしれないものを
岩かどにぶつけて粉々にしてしまう危険は犯せなかった
ガラスの向こう側にそっと壺を返して
前後左右からカメラのように火焔のかたちを記憶に収めた
絶え間なく揺れていた地面が　ふと鎮まるのがわかった

振り仰げば　頂きの煙が心なしか薄れていた
まだ時間がある
もう一度　何かに挑戦するだけの時間がある

山麓では泉の精霊が　ぶつぶつ呪文を唱えながら
熱い湯と滝を混ぜて　なめらかに泡立てているだろう
花の咲く枝を見つけて花冠をつくり
縄文の少女はゆっくりと山を下って歩いて行った
日本列島が寒冷化して弥生時代へ移行するまでの
精霊のざわめきに満ちた長い長い道のり

王たちのレクイエム

いつかは過去の海へ戻らなければならないと
ずっと思い続けてきた
私のパンドラの箱よ
そこでは失われた王のしぐさの一つ一つが
私の心を引き裂くだろう
今も王たちは飛び込み台で腕組みをして
影の中を通り過ぎて行く船団を見ているのだろうか
夜光虫が　こわれてはつながる火の物語を綴り

嵐に追われて避難してくる漁船を
魔法の霧が招き寄せているのだろうか
浜木綿の髪をかきまわす
どんな指のぬくもりもないのに

束の間の平安と長い悲嘆の地よ
地図の上のわずかな距離を辿るのに
何世紀もかかってしまったような気がする
ようやく時が来て
扉の隙間からタイムスリップした時
パンドラの箱も火の物語も魔法の霧も
過去の海から　幻のように消え失せていた
波一つ立たない青いゼリーの海に
絵のように静止している白い蝶の群れ
時間が止まった　のどかな入り江で

王たちは砂浜に片肘ついて寝そべって
いつまでも終らない未来論をたたかわせていた

ランスロット!
その議論に加わりたい!
私なら　それからの物語を教えてあげられるのに
今なら　諸国の興亡を語ることが出来るのに
悲しいこと　私には王たちの姿が見えているのに
王たちが私を見ることはなく
午後の微風が言葉の薄片を運んできた
歴史は人間が自由になる方向に動いてきたし
どんな苦難も別の卵を抱いているのだと
そして　脈打つ琥珀のように
変化の因子が集まってきた
触れてくる　どんな吐息の熱さもないのに

強靭な竜の翼が
惑星の泡立つ闇を切り裂いて
もとの砦の墻壁の上に　私を連れ戻した
だが　ここがもとの地点であるとどうして言えよう
過去の海の王たちが夢見た砦でないと誰が言えよう
虚空に描かれる　どんな座標の燦きもないのに

風を待って

海から長い坂道を登りつめた丘の上で
砦は息をひそめて風の行くえをさぐっている
かつて風の群れがやって来て足もとの土をえぐり
砦を根こそぎ空中へ投げ飛ばしたことがあった
あの時は石の壁から翼が生えて大風に乗り
海を越えてナスカの地上絵を見に行った
こんど風がやってくるのは　いつなのか
このあたりでは風の動きはことさら気まぐれで

砂地にしみこむように姿を消したが最後
どんなに呼んでも　そよとの微風も立ちはしない

だから風を呼ぶためには　全身全霊をこめて
時をはかり風の心を読みとらなければならない
動きだそうとするより前に気配を察して
知り合いの風という風に手紙を書く必要がある
会ったことのない風にもアピールを送っておこう
向こうの島かげや流木の後ろ
波打ち際にレースのように広がる水の泡に
風の眼やら風の髪　風の指がちらとでも見えたら
急いで電話をかけなければならない
おうと応える白い峰　ありがとうと叫ぶ花畑
森の中からも街々からも風の姿があらわれて来る
そしてある時いっせいに方向をきめて走り出す

昔なじみの風の歌！　はじめて出会う風の歌！
壁には暖かい血が流れて鼓動が響き
砦は再び翼を広げて飛び立った
こんどは木星の月エウロパまで

願わくば　風が棲み家に戻る時　砦を放り出して
ビルのてっぺんに投げつけたりしないで
そっと丘の上に軟着陸させてくれるように
そうすれば砦はまた忍耐づよく待ち続けるだろう
触手をのばして風の行くえをまさぐりながら
無数の風が巻き起こす幻覚以上の飛翔の時を

転生

こんど私が生まれるのは
地球ではないような気がする
もう少し空と海が多い星
魚たちが歩いて挨拶に来る

こんどはほっそりすき透って
いくらか美人になるだろう
ひれや水かきがあるのもいい

えらがあれば申し分ない

テレパシイをつかって
波の背中を掻いてあげよう
歌っている岩には頼もう
合図するまで動かないように

私が出会った激しい人たちが
消え去るなんてはずがない
いずれ私が転生するとき
同じ星でめぐり合わむことを

夢の鞄

おかしな夢を見たものだ
私は大金の入っている鞄をなくした
大切に小脇にかかえて歩いていたのに
雑踏を抜け出して気がつくと
腕は何かをかかえたかっこうをしているのに
黒い鞄はすっぽり消え失せている

人様から預かった大切な札束

あの鞄をなくしたら　もう生きてはいけない
ゾッとする寒気が背筋を走った
鞄の中には私の詩も全部詰めこんであった
しかも詩の行間には
残酷でやさしい神々と美形のバンパイアが
大勢封じ込めてあったのだ

お金の方は身を粉にして働けば
返すことが出来るかもしれない
しかし同じ詩をもう一度書いたとしても
それはもう難破船のようなもので
舵輪もランプも薔薇の封印も
隙間から水のように洩れていってしまうだろう
消えかける希望の細い煙に導かれて
私は遺失物置き場へよろめいて行った

ずらっと並んだ白いワゴンに鞄が山と積まれて
蜥蜴と山火事の匂いがたちこめている
なぜ人はこんなに黒い鞄ばかりなくすのだろう
だが　鞄の山をかきわけてもかきわけても
私の鞄は出てこない

夕暮れのベンチに腰を下ろして
茫然と眺めていた見知らぬ街
音楽会が終って帰って行く幸せな人の波
どこかでコォヒィ飲みましょうか
それとも銀色の骨たべましょうか
夕焼けがこんなにあでやかなのだから
もうすぐ溶けるように甘い夜がくる
あるいは　もうすぐ私がなくした詩がほどけて
封じ込めておいた恐怖が滲み出してくる

ああ　やっぱり私は生きていけない
小銭入れも鞄の中に入れてあった
家へ帰るバス代さえない

いや　たしか　鞄の内ポケットに
うっかり百円玉をいくつか入れてあったはず
思わず知らず私は
なくなった鞄のポケットをまさぐっていた
やっぱりあった　掌の上に百円玉が三つ
驚いて目をみはると
膝の上にポンと黒い鞄が現れた
大金も詩も何食わぬ顔でちゃんと納まっていた
私が道を歩きながら時々ニヤニヤするのは
夢の鞄を思い出してのことである

ないものの中へ手を突っ込んで
まさぐる時の　えもいわれぬ感触
あの感覚さえ覚えておけば
生きているあいだになくしたものすべて
いつでも取り戻すことが出来るのではないか
ほんの一部をつかまえさえすれば
全体がポンと現れてくる
もしくは　ずるずるつながって出てくるだろう
そう　あの夢の中の鞄のように

GOOD LUCK!

地下鉄のフーガ

どこへ行くあてもなく乗った地下鉄で
水かきのある足を見た
目を上げると　背広からのぞく太い首に
硬い鱗がにぶい光を放っていた
彼が腕を廻している相手は上背のある美女
スーツ姿に流れ落ちている赤いカーリーヘア
額にはは短い角が生えていた

地下鉄が止まるたび　異形の客が乗り込んできて

車輛の中は次第に混み合って来た
どこの駅でも　一人も降りた様子はない
しかも　だれひとり座席に座らず
二本の足で　あるいは尻尾を使った三点支持で
根が生えたようにしっかりと立って
いちように　進行方向に冥く激しい眼を向けている
有袋類の袋に赤ん坊を入れた母親にしても
肩のあたりで薄い翅が開きかけては閉じる
触覚のある少女にしても
トリフィドみたいに葉むらの髪を突っ立てている
迷彩服のたくましい男たちにしても

座席に座っているのは私ひとり
私はどこにも属していない
私の生きていく場所はどこにもない

眼のくらむような孤独の淵にうずくまって
生まれたての子犬のように
焦点の定まらぬ不透明の眼を見開いているばかり
乗り合わせた乗客の　どの一人の視線さえ
私の体を通り抜けていってしまうのだ

乗客をぎっしり詰め込むと
地下鉄は駅が来ても止まらなくなった
というより　止まるべき駅がなくなったのか
窓の外をかすめる明りも　とうに見えなくなって
ただひたすら闇の中を飛ぶように走る
時たま流星のようによぎる鋭い軌跡は何だろう

乗客たちが　いっせいに私の顔を見て
親しげにニヤリと笑った

風の旗

別の球体に戻るほかない私に
古き神々は何を言いたかったのか

一つの世界を巻き込んで崩落する力に
砂時計が抵抗することなど出来ようか
魂をかじり尽くして辿り着いたのではなかったか
はるか地球の　ふるさとの午後

天地冥く　霧噴き上げる山々が

私を迎えた
田畑のまん中を直線道路が切り裂き
墓地を削り取って新道がひらかれ
曲がり角の目印だった道祖神は消え失せていた
それでも
篠つく雨の隙間から聞こえてくるざわめきは
先祖代々守り続けた血を引き継いでいくための
祭りだ
死んだ母親も祖母も　鮒の押し鮨をつくるために
みんな戻ってきていた
伝説の白い蛇が　湿った太い梁の上を
ひめやかな衣ずれの音させて　すべっていった
若い夫婦にメモを渡し続ける当主は
次第に身動き出来ぬ体になって
炬燵に座ったまま

何代もの女たちの繰り言を聞かねばならぬ

あくる朝　雨があがれば　明るすぎる五月の山々
石庭の砂の渦の中心で
当主はただ一人　苦い成就の椅子をゆすっていた
手を上げることなど　出来るはずはないのに
ひらひらと振られた袖の記憶

別の球体に戻るほかない私に
古き神々は何を言いたかったのだろう

　富士に向かえば雲の旗
　夕映えの陣にひるがえり
　海辺を行けば風の旗
　耳もとではためき続け

水を呼ぶ声

私の意識の原野には
一人の魔術師が棲んでいる
彼は果たしてどんな姿をしているのか
近ごろになってやっと
その魔術師が彼ではなくて彼女
それも　薄羽かげろうのように
小さくて脆い少女なのだということに気がついた

彼女は強大な力を持っているにもかかわらず
とても臆病で　おびえやすい
スコールが通り過ぎるのさえ
まるで無数のナイフが落ちて来るかのように
意識の森の木のうろの奥に逃げこんで
おろおろと呪文を唱え始める
すると　緑の葉むらに叩きつける雨は
翡翠の玉すだれになって　波のように揺れ動く
ナイフの雨を玉すだれに変えたところで
薄い翅を持った彼女が外へ出られるわけはないが
おかげで私の方は
エキゾチックな熱帯雨林の樹上の王国を
自由に探索することが出来るのだ

小さな魔術師が唱えるのは癒しの呪文

なかでも得意とするのは　水を呼ぶ声のようである
私が病院のベッドで痛みに耐えていたときに
彼女が呼んだのは
ふるさとの川の上流とおぼしい深い淵
明るい空の色を映すよどみに
さわやかな微風がちりめん皺をつくって
少しずつ水を押し流す
その淵の上空に白いハンモックを吊って
少女は眠っていた
夢の手を
つと伸ばして
彼女は私を華奢な舞台に引き上げてくれた

喪失の苦痛にのたうちまわっていたときには
彼女の水を呼ぶ声が　冥府の果て知らぬ荒野に

細く鋭く　こだましたのを覚えている
再び川はやって来た
両岸の見えない幅広い石ころの流域を
浅い透明な水がどこまでもさらさらと流れていた
川のまん中に立っている彼女の
体を通って川は流れ
同時に　私の足首を膝を胸を通り抜けて
茫漠とした下流へ走り続けた
たとえそれが冥府の川であったとしても
己が身を貫き流れるものがあると知ったことは
一つの癒しだったのではなかったか

このごろ　彼女の呪文が呼び出すのは
きまって　海である
一度も見たことがないのに

デジャヴュが懐かしい　遠い入り江の風景である
雨上がりの水滴と虹がたちこめる碧緑の海
水際には白い城館が建ち並び
石垣の裳裾を　さざ波が絶え間なく洗っている
低い雲がまわりの山々を去りつつある
ほら　陽射しが海の色を変えはじめている
ほら　船が戻って来ようとしている
マストは折れ　帆は破れ落ち
おびただしい海草とフジツボにおおわれて
さまよえる船がついに　幻の海から帰って来る

月近き森に　水を呼ぶ声が聞こえる
私の小さな魔術師は　こんどは何におびえ
何を癒そうとしているのだろうか

イリュージョン花野

やわらかな髪をさわさわと
風になびかせているのが　おまえではなく
髪にふれて光っている風にこそ
おまえの実体があったのではないか
私が走っていくと
まぶしそうに目をほそめて
シャイな笑顔を見せる
それが　おまえなのではなく

たゆたう微笑にこそ
おまえの実体があったのではないか

けっして　とらええぬもの
それゆえ私は
おまえの体をつきぬけて
駆け去るほか　なかったのだ
花野をわたる　ゆるやかな季節の
取り返しのつかない
遠い　こだまに満たされて

イリュージョン星野

大時計の下で別れたまま
星から星へ　光速の旅をして来た
時空の川のゆがみに流されて
いくたび　閃光のように
おまえと　すれ違ったことか
プロキオン星系の風の丘で
さわやかに笑っていた　おまえ
すれ違いざまに　私を見て

呆れたように　コメントを述べたではないか

夜っぴて歩いた
タウ・セティの星の街で
かたわらに感じ続けた体温は
おまえだったのではないか
金色の落葉を踏むたびに
面白がっているクスクス笑いが聞こえたと思う
アルビレオの奇妙な結晶の谷で
薄っぺらな紙の映像になって
たたずんでいるのを見たのが最後で
おまえの気配は　たちまち
星野の川下へ消えてしまった

命ある限り　たたかう日々

アルファ・ケンタウリで羽を休める
こんど　冬の銀河で
おまえの姿を見かけることがあったら
きらきらとほどける呪縛の言葉を残して飛ぶ
私より先に消滅することは
許さぬと

未来

たぶん私たちの子孫は
宇宙空間に家を建てるだろう
いつか海底の都市に棲んで
えら呼吸をするだろう

感性の魔力を手に入れて
彼らはもう淋しくないだろう
魂の海にクジラを浮かべ

薔薇の眠りを眠るだろう

こまかいことは機械にまかせ
おおらかな決断をするだろう
苦痛が果実に変わることを
ひとりでに知っているだろう

お願いだ　気をつけて歩いて
未来はとてもやわらかい
月の光を踏みはずしたら
一つしかない卵がこわれる

GOOD LUCK!

山の斜面の家に泊った
宿屋だったか　親戚の家だったか
どうも判然としないのだが
すぐ足もとを渓流が流れ
向こうの山の斜面へ登る手前の草むらを
単線の線路が横切っていた

そこの家の人たちは　大そう親切だった

ほかでは見られない風景に出会えるからと
案内人をつけてくれた
葉桜の青いトンネルを抜けると
いちめん　黄緑色の靄の中だった
案内人の声が　足もとは断崖絶壁なので
踏みはずさないようにと指示するのだが
自分の足さえ靄の中に消えているのに
どうやって落ちないようにすることが出来ようか
案内人にたずねると
地面から足を離して
靄の中を漂うのがよいと言い
私の手をつかんで空中へ引っぱり上げた

黄緑色の靄は
巨大マリモのように丸くなって浮かんでいた

マリモからマリモへ
トンボに似た人間がツイツイと飛んでいた
希薄な球の中を　心地よく漂っていると
案内人の声が伝わってきた
間もなく線路に駅が現われるので
出発するのであれば
そろそろ戻らなければいけないと

明るすぎる斜面の
あっけらかんとした家へ帰った時
泳いだあとのように体が重かった
たしかに　向こうの斜面の線路には
出来たての駅が店開きしていた
ちゃんと売店まであるではないか
家の人は

その駅でなくウエノ駅からお乗りなさいという
上野駅？　上之駅？　上の駅？
目の前の駅から上り坂になった線路は
山越えのトンネルの奥へ消えていた

親切な人々が　荷物をまとめてくれた
昔　気に入って　すり切れるまで着ていた
青いデニムのジャケット
暇にあかせて写真を貼ったフエルアルバム
いとしい人たちの　最上の笑顔に出会って
うっとりと見とれてしまった
引き出しにしまったままの古いカメラ
夢中になって手を引いたころの子供たち
これからの旅に必要な
ファラオたちの濃縮口糧と

渇望のラクダ

長い砂漠の旅に出ることになるのだろうか
私がたずねると
親切な答えが返ってきた
トンネルに入ったら　何が現われるか
予測がつきませんので　お気をつけて
とくに血液型がX型の人は
信じられない状況に陥りやすいですから
(私はX型だ)
よく現われる象徴は　闇の中の氷
ということくらいはわかっております
きらめく氷のかけらが浮遊してきたら
蹴ったり押したりして　反動で前へ進むのです
葉脈に内在する月が見えてきたら

世界は解体し　漂流します
それでは　状況を大いに楽しんで下さい
ＧＯＯＤ　ＬＵＣＫ！

あとがき

　気がついたときには、前に詩集を出してから二十数年がたっていました。その間に書きためたものを一冊の詩集にまとめようと考えたものの、どうにも作業が行き詰まってしまい、とうとう二つに分けることになりました。

　ここに収めたのは、そのうちの前半、およそ一九八六年から二〇〇〇年にかけて書いた作品から選んだもの。危険とよろこびに満ちた日々の惑乱を、心しずめて振り返るには、詩を書いたことさえ忘れて過ごす年月が必要だったのだろうかと、今さらながら驚いています。

出版社に紹介し、帯の言葉を引き受けて下さった安藤元雄さん、こころよく装画を使わせて下さった宮原青子さん、そして背中を押して下さった連句仲間の佛渕健悟さん、稲垣渥子さん、由川慶子さんに、この場をお借りして、お礼を申し上げます。
思潮社の亀岡大助さんには、ほんとうにお世話になりました。

二〇一一年二月　　　　　　三宅節子

＊初校が届いた直後に起きた東日本大震災と原発事故！　病室で書いた詩「ＩＣＵ」を装幀の一部に刻むことにした時には、五月になっていました。

砦《とりで》にて

著者
三宅節子《みやけせつこ》
発行者
小田久郎
発行所
株式会社　思潮社
〒一六二—〇八四二　東京都新宿区市谷砂土原町三—十五
電話〇三（三二六七）八一五三（営業）・八一四一（編集）
FAX〇三（三二六七）八一四二
印刷
三報社印刷株式会社
製本
小高製本工業株式会社
発行日
二〇一一年七月三十一日